THE TALE OF THE THREE COOKIE MEN

Written and illustrated by Arielle Phoenix

ANANSESƐM BI A ƐFA NNIPA BRODO MMIƐNSA BI HO

Ɔtwerɛfoɔ: Arielle Phoenix

First Printing, 2019
Paperback ISBN 9781652041252

This book has been typeset in Kianu Light.
Title font: Kiara Caps

Cyber Phoenix Books,
London, United Kingdom

email arielle@cyberphoenixltd.com
www.books.cyberphoenixltd.com
www.cyberphoenixltd.com

Translated by Stephen Boateng

Once upon a time, there was an old couple who lived on a small plot of farmland, by the river.

Mmerɛ bi a ɛtwaa mu, na mpanimfoɔ awarefoɔ mmienu te afuo asaase ketewa bi so wɔ nsuo bi nkyɛn.

The couple had spent many years growing crops and providing their village with fruit and vegetables, freshly baked bread and fruit juices.

Saa awarefoɔ yi duaa mfuiɛ mfeɛ bebree a na wɔdom wɔn akuraa no nnuaba ne atosodeɛ, paanoo a wɔato ne adɔkɔdɔkɔdeɛ.

One morning, the old lady was picking some oranges and she noticed some strange-looking fruit growing in the bush beside them.

Dakoro anɔpa bi, na abrewa no retete ankaa na ɔhunuu aduaba soronko bi a afifi wɔ mfuiɛ no nkyɛn.

They were a deep purple colour with a very odd shape.

Na aduaba no ahosuo no ayɛ bibire a ne tebea no yɛ soronko koraa.

"I didn't plant these fruit ..."
Mumbled the old lady. "How odd."

"Ɛnyɛ me na meduaa saa aduaba yi..."
Abrewa no kasa kyerɛɛ ne ho. "Ɛyɛ me nwanwa."

Cautiously, she picked the plumpest of the strange-looking fruit and glared at it for a moment.

Aboterɛ mu, ɔtee saa aduaba no mu deɛɛso pa ara na ɔtoo ne bo hwɛɛ no kakra.

It appeared to be smiling at her.

Na ayɛ sɛ aduaba no renweenwee kyerɛ no.

She sniffed it and then took a bite.
Ɔhwiaeɛ na afei ɔkaa bi weeɛ.

"Wow!"

"This fruit is delicious!"
"Aduaba yi yɛ dɛ!"

She exclaimed as she rushed back
into her house to share her findings
with her husband.
Ɔde nteamu de mmirika kyerɛɛ fie
kwan so a ɔde ade foforɔ a wanya
no rekɔkyerɛ ne kunu.

The old lady handed one to her husband and prompted him to take a bite.
Abrewa no de baako maa ne kunu na ɔkyerɛɛ no sɛ ɔnka bi nwe.

His face lit up.
Akɔkora n'anim yɛɛ sereɛ.

"Wow! This fruit is delicious, what is it!?"
He asked.
"Wow! Saa aduaba yi yɛ dɛ, ɛyɛ deɛn!?"
Ɔbisaeɛ.

"I don't know, they were just growing in the bush besides the oranges.
We're out of sugar, but they are so sweet, I think I will make some cookies with them."
She replied.
"Mennim, na afifi wɔ nwura no mu wɔ ankaa no nkyɛn.
Yɛn asikyire nyinaa asa, nanso wei yɛ dɛ, ɛyɛ me sɛ mɛtumi de wei ayɛ brodo."
Ɔbaa no buaeɛ.

20 minutes later...

So the old lady took to the kitchen, squished the fruit up
and poured it into her favourite cookie dough mixture.
Nti abrewa no de kɔɔ gyaare hɔ, ɔkyimm aduaba no mu nsuo
no bi guu brodo esam no mu ka fraeɛ.

"Yes, these will go well with some fresh ginger!"
She said excitedly.
Aane, wei ne akekaduro mono bɛkɔ pa ara!"
Ɔkaa no anigyeɛ mu.

She hummed to herself as she filled the baking tray but then
noticed she still had some dough left over.
Ɔkasa kyerɛɛ ne ho wɔ aberɛ a wɔde esam no guu apanpan no
so afei ɔhunuu sɛ na esam no bi aka.

"Oh I could make some cookie men for the children
in the village, too."
She thought out loud.
"Oh mɛtumi ayɛ brodo foforɔ nso ama kurom
ha nkwadaa nso."
Ɔka maa no pueeɛ.

She had just enough dough left to hand mould three cookie
men.
Na ɔwɔ esam bebree a ɔbɛtumi de ayɛ brodo a ɛte sɛ
mmarima.

She put them in the oven for twenty minutes and went off to
pick some more fruit.
Ɔde hyɛɛ fononoo mu sima aduonu na ɔpueeɛ sɛ ɔrekɔtete
nnuaba no bebree aba.

When she came back inside,
they were ready.
Ɔsane baa n'akyi no na aben.

The kitchen smelt AMAZING!
Gyaare hɔ hwan no daa mu soronko!

She took the cookies out of the oven and
placed them on the side to cool down.
Ɔyii brodo no firi fononoo no mu na ɔde sii
nkyɛn sɛ ɛnwo.

The old lady turned around to do some washing
up and heard the sound of the baking tray
scrape against the countertop.
Abrewa no yii n'ani sɛ ɔresi ntaadeɛ kakra na
ɔtee dede bi sɛ apanpan no retwitwi adetire
no.

She swiftly turned to look behind her and
couldn't believe her eyes...
Ɔtoo ne bo twaa n'ani kɔhwɛɛ n'akyi na deɛ
ɔhunuuiɛ no yɛɛ no nwanwa...

The
three
cookie
men
were
gone!

Brodo a
wayɛ no
tesɛ
mmarima
no nyinaa
ayera!

She called out to her husband
and crossly said.
Ɔteaa mu frɛɛ ne kunu na ɔkaa sɛ.

"Did you eat the cookies!?"
"Wo na wodii brodo no!?"

"What? No. I was fast asleep"
He said.
"Ɛdeɛn? Daabi. Na mada aduru akyire"
Akɔkora no buaeɛ.

"So where did they go!?"
She said, as she glanced out of the window.
"Enti henfa na ne nyinaa kɔeɛ!?"
Abrewa no bisaeɛ, wɔ aberɛ a na ɔrehwɛ
mpoma no mu.

The cookie men were on the move!
Brodo a wɔayɛ wɔn sɛ nnipa no redwane!

"Quick! They're getting away!"
They both screamed.
"Kaa wo ho! Wɔredwane!"
Awarefoɔ no tea mu.

The old couple chased the three cookie men across the farm but soon slowed down.

Awarefoɔ mpanimfoɔ yi de mmirika dii brodo mmiɛnsa yi faa afuo no mu nanso wɔtwentwɛn so.

"My knees!"
The old man shouted.
"Me kotodwe!"
Akɔkora no tea mu.

They couldn't keep up.
Awarefoɔ yi antumi anni wɔn akyi.

They watched as the three cookie men disappeared into the distance...
Wɔhwɛ ma brodo yi mmiɛnsa tiri dɔɔ mu kɔɔ akyirikyiri...

"That was close!" "Ɛkaa dɛ!"
Said the largest of the three cookie men.
Nnipa brodo no mu kɛseɛ no kaeɛ.

"I think they wanted to eat us!"
"Mehunu no sɛ na wɔpɛsɛ wɔwe yɛn!"
"To eat us?!" Said the smallest cookie man, horrified.
"Nka wɔrebɛwe yɛn?!"
Ketewa a ɔwɔmu no kaa no ɛhu mu.
"What will we do?" Said the medium cookie man.
"Ɛdeɛn na yɛbɛyɛ?"
Deɛn ɔda ntɛm no bisaeɛ.
"We will run. We will find somewhere safe to go and if we
come to any danger we will run, as fast as we can!" Said the
largest cookie man, confidently.
"Yɛbɛtu mmirika kɔsi sɛ yɛbɛnya baabi a ɛdwo akɔ na sɛ
yɛhunu ade bɔne biara a, yɛbɛtu mmirika sɛnea yɛbɛtumi
biara!" nnipa brodo kɛseɛ no de akokoɔduru kaaeɛ.

So off the three cookie men went.
Soon, they came across a bushbaby.
Enti nnipa brodo mmiɛnsa yi kɔeɛ.
Ankyɛ, wɔkɔtoo nwura ba.
It gazed at them with its huge eyes for a moment and then scurried
down the tree to greet them.
Adeɛ yi de n'ani akɛseɛ no hwɛɛ wɔn mmerɛ kakra na afei ɔsanee firii
dua so bɛkyeaa wɔn.
"Hi, you all look taste...I mean friendly.
Would you like to be friends?"
"Hi, mo nyinaa ho yɛ akɔnnɔ... mekyerɛ sɛ ayɔnkofa mu.
Mobɛpɛ sɛ yɛbɛyɛ nnamfoɔ?"
It said as it stretched out its arms and stepped closer to the cookie
men.
Ɔkaa no brɛɛ a na watwe ne nsa na wabɛn nnipa brodo yi.
Suddenly, the bushbaby tried to take a bite.
Mpofirim, nwura ba yi yɛɛ sɛ ɔreka brodo yi bi awe.

But they saw it coming and ran. As quick as they could.
They didn't look back!
Nanso wɔhu dwaneeɛ. Wɔtuu mmirika tɛntɛn pa ara.
Wɔanhwɛ wɔn akyi!

Then, they ran into a baby elephant, who gave them a puzzled look.

Afei, wɔkɔpuee ɔsono ba bi so a ɔmaa wɔn ahwɛ hann bi.

"Running cookie-men? Hmmm..."

"Nnipa brodo a wɔredwane? Hmmm..."

He tried to suck them close to him with his trunk.

Ɔyɛɛ sɛ ɔde ne hwene tenten no retwe wɔn abɛn no.

Running against the force of the suction, they just about made it away from him.

Ahometeɛ a wɔde tuu mmirika nti, wɔtumi dwane firii ne nkyɛn.

They ran into the forest to find a place to hide. But, little did they know, they were being stalked by a monkey.

Wɔdwane kɔpɛɛ baabi tetɛɛ wɔ nwura no mu...
Nanso na wɔnnim sɛ, na adoe bi retetɛ wɔn.

The monkey swung down and ....
Adoe no too ne ho baa fɔm na...

As the cookie men hid out of sight, trying to catch their breaths, the persistent monkey kept on looking...

Berɛ a nnipa brodo yi anya baabi atetɛ a wɔregye wɔn ahome no, adoe yi a n'aba mu mmu no kɔɔ so hwehwɛɛ wɔn...

They backed further away from him...
Wɔtwee wɔn ho firii ne nkyɛn...

Back, back, back...
Akyire, akyire, akyire...

"Keep going!"
Said the medium cookie man.
"Hwɛ so kɔ!"
Nnipa brodo no mu adantɛn no kaeɛ.

The largest cookie man was startled.
Brodo no mu kɛseɛ no bɔɔ birim.

"Th... Th...There is something b-behind me...
and it is b-breathing very h-heavily!"
"Bi... Bi... Biribi wɔ m-m'akyi... na ɛre gu a-ahome
k-kɛse!"

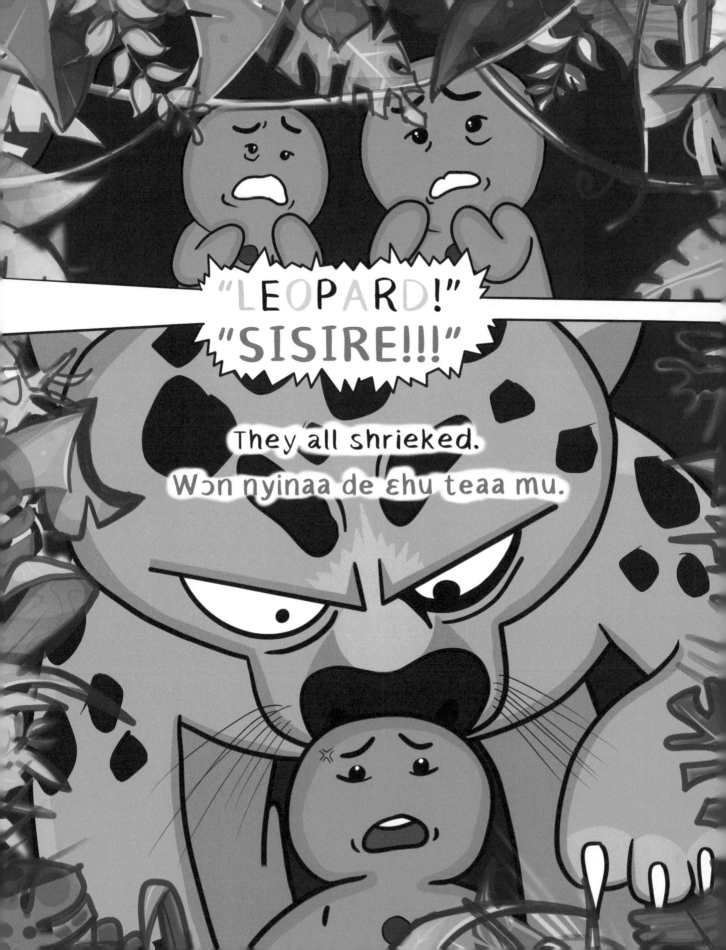

They ran and ran, faster than they ever ran before. They were certain it was over for them.
Wɔtuu mmirika tuu mmirika kyɛn mmirika a wɔatu nyinaa. Na wɔnim pefee sɛ afei deɛ wɔnya wɔn tiri nnidi mu.

Until they saw a hole they could hide in.
Kɔpem sɛ wɔhunuu amena bi a wɔbɛtumi atetɛ wɔ mu.

They waited and waited, until the leopard grew bored of waiting and went away.

Wɔtwɛn kyɛree pa ara kɔsi sɛ sisire no aba mu buuiɛ a ɔde abufuo kɔeɛ.

The cookie men knew they could not
stay in the forest forever,
there were far too many dangers.
Nnipa brodo yi hunuu sɛ wɔrentumi ntena
nwuram hɔ afebɔɔ, ɛfiri sɛ na wɔn a
wɔrepam wɔn no dɔɔso.

So they made their way over to the village.
Enti wɔsane sii kwan so kɔɔ akura no ase.

As they were walking it started to rain. The
cookie men were more worried now than
ever.
Wɔnam kwan so rekɔ no, nsuo hyɛɛ aseɛ sɛ
ɛretɔ. Na afei deɛ wɔsuro pa ara kyɛn daa.

They couldn't out run the rain!
Na wɔrentumi ne nsuo no nkɔ mmirika!

It was the village children.
Na ɛyɛ akuraa ase hɔ nkwadaa.

The cookie men were wary but they were
out of options.
Nnipa brodo yi adwene yɛɛ wɔn ntanta
nanso na wɔnni hwee yɛ.

They followed the children inside.
Wɔdii mmɔfra no akyi kɔɔ fie.

"You will be safe."
They said.
"Mo ho bɛtɔ mo wɔ ha."
Mmɔfra no kaaeɛ.

"You can come and rest up here, we have
already eaten, our stomachs are full,
we will not harm you."
"Mobɛtumi abɛgye moahome wɔ ha, yɛadidi
dada, yɛafu ayɛ ma, yɛnni mo bɔne."

The tired cookie men trusted the kind children and finally got some rest...

Nnipa brodo a na wɔabrɛ yi gyee mmɔfra yi diiɛ na afei wɔgyee wɔn ahome...

About The Author

Arielle Phoenix is a mother of two, dedicated to creating a plethora of unique, fun and educational multicultural children's books. She began creating flash cards and writing books to help her children learn Swahili and soon noticed there was a need for multicultural and bilingual children's books. Today, she produces books in seven language pairs and plans to add even more to the list.

Some Of Our Other Books Available In These Language Variations And Pairs:

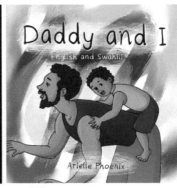

Twi
Igbo
Yoruba
Swahili
French
German
Dutch

www.books.cyberphoenixltd.com

CPSIA information can be obtained
at www.ICGtesting.com
Printed in the USA
LVHW071230010320
648601LV00019B/2344

9 781652 041252